AF384826

HISTOIRE

GÉNÉRALE

DU PONT-NEUF

EN SIX VOLUMES IN-FOLIO.

Proposée par Souscription.

A LONDRES,

M. DCC. L.

PLAN DE SOUSCRIPTION.

ON donnera de six en six mois un Volume imprimé dans le même caractere & le même papier que ce Prospectus. Le premier volume sera livré au commencement du mois de Juin, & on l'enverra à l'adresse des Souscripteurs.

CONDITIONS.

Les Souscripteurs seront tenus d'envoyer la Souscription du premier Volume dans le courant du mois de Janvier; & en retirant le premier Volume, de payer la Souscription du second, ou du moins dans le courant du mois où la Souscription sera ouverte, & ainsi des autres Volumes.

PRIX.

L'Ouvrage sera de cinquante écus en blanc, & de 160. livres relié pour ceux qui n'auront pas souscrit; il ne sera au contraire que de 124. livres pour les Souscripteurs; de sorte que chaque payement montera à 18. livres. On recevra les Souscriptions chez tous les Libraires de l'Europe: on laisse même aux Souscripteurs, pour leur commodité, la liberté de donner au premier payemeut la somme de 124. liv. On sera même plus exact à leur faire remettre les Volumes à mesure qu'ils paroîtront, quand ce ne seroit que pour reconnoître leur confiance.

AVIS DU LIBRAIRE

OU

COUP-D'ŒIL

SUR L'OUVRAGE ENTIER.

RIEN de plus célébre en France, & cependant rien de moins bien connu que le *Pont-Neuf*. C'est le sort ordinaire des choses d'habitude, sur lesquelles on ne fait que passer & glisser éternellement. Tant d'autres lieux moins remarquables, & plus stériles en *événemens* de toute espéce, nous ont valu des histoires générales réguliérement suivies d'autant d'abrégés trés-susceptibles d'autres abrégés à l'infini; tandis qu'à la honte de plusieurs grands Ecrivains, ingrats pour leur Patrie, le *Pont-Neuf* a resté sans gloire, c'est-à-dire, sans histoire. L'*Auteur* de celle-ci, frapé depuis long-tems de ce vuide scandaleux dans la république des Lettres, s'étoit proposé d'y rémédier. Cinquante ans se sont écoulés durant ses recherches & ses perplexités. Enfin il a bien voulu ajouter cette époque littéraire à celle du demi siécle où nous entrons.

Plusieurs obstacles le décourageoient auparavant, sur le point d'exécuter ce grand dessein. Ces difficultés naissoient en premier lieu de la sécheresse de la matiere, qui semblable à de l'or trop épuré, ne pouvoit être mise en œuvre, qu'avec de l'*alliage*, ensuite du discrédit du sujet, & à d'autres égards de son étendue, où même de son immensité, par rapport aux circonstances qui l'environnent; desorte qu'il s'agissoit de l'ennoblir sans enflûre, & de l'enrichir sans confusion d'ornemens. Ce n'est même qu'après beaucoup d'essais, que d'observateur devenu créateur, il a mis au jour ce chef-d'œuvre nouveau.

Insensiblement éclairé par les brillans succès des Historiens modernes, dont les enluminures semblent avoir prêté de la vie & de l'action à des carcasses d'histoire, il ne s'est plus mis en peine de l'ingratitude de sa matiere; il a d'ailleurs remarqué que les plus beaux édifices à la mode sont ceux où l'Art sert de masque à la nature, & que le désavantage du terrain ne sçauroit être désormais un obstacle pour bâtir une histoire. Il suffit en effet à un Historien moderne, dès que son champ est choisi, d'y transplanter de l'esprit, n'importe de quel crû, ni à quel propos, d'y enfoüir des maximes politiques que le commun des Lecteurs puisse évanter, d'y enquadrer une longue enfilade de portraits séduisans, par la vivacité du coloris, d'y entretenir un flux continuel de morale, d'y faire enfin percer de tems à autre des traits de lumieres philosophiques, comme des feux follets : c'est-là toute la magie de cet art si vanté, que les anciens Historiens nous avoient laissé croire comme quelque chose de si sublime par la difficulté de les imiter. Les tems sont changés : n'envions plus aux Anciens toute leur splendeur qu'ils acheroient si cher, si on la compare au prix, qui nous donne un droit à l'im-mortalité.

On verra que notre Auteur a saisi cette nouvelle méthode en génie supérieur, & qu'il a sçu la faire circuler convenablement dans les matieres qu'il a traitées. *Histoire des Antiquités, Histoire naturelle, civile, politique, militaire & littéraire*, tout s'y ressent de ses lumineuses influences. Aussi son Histoire du *Pont-Neuf* est-elle riche & féconde par des emprunts, forte & nerveuse par des quintessences de diverses matieres, fidelle par le *pour* & le *contre*, impartiale par l'esprit d'indécision, amusante par des

A iij.

bigarrures, & pour tout dire en un mot, digne de ce siécle par l'hommage qu'elle rend à son goût, & des siécles à venir, parce qu'elle a pû deviner & prévenir leur suffrage. Ecoutons l'Auteur dans sa Préface au sujet du Mécanisme de son ouvra-
» ge. Je prétends, dit-il, faire succéder
» la brillante légéreté de nos Moder-
» nes à l'ancienne gravité de l'Histoire.
» Désormais tout ce respect, ce culte,
» cette contenance soumise des anciens
» Historiens vis-à-vis l'idole de la vérité,
» pourront se réduire à des simples égards
» de politesse pour elle, c'est-à-dire, à
» ne pas la heurter de front. J'aime aussi
» à croire, que c'est avec plaisir que l'on
» verra ce vainqueur des préjugés, le
» hardi paradoxe couronné de rayons
» philosophiques & de fleurs poëtiques,
» au maintien modeste & au sourire ma-
» lin occuper la place de ces sentences
» lumineuses, qui semblables aux ac-
» cords parfaits usités dans la Musique,
» faisoient autrefois la clôture des prin-
» cipaux événemens de l'Histoire : en-
» suite cette chaîne de diamans, qui jadis
» soutenoit l'ordre, la contexture, la
» précision & la clarté des faits histori-
» ques, va devenir entre mes mains une
» trâme *superfine*, aisée à rompre, à re-

» nouer, & fufceptible de tous les def-
» feins de broderie imaginables. Enfin,
» au lieu de cette noble fimplicité fi mo-
» notone, qui fut jadis l'apanage de l'hi-
» ftoire, on verra mille ornemens nou-
» veaux, autant de richeffes acceffoi-
» res fortir du fein de la nature & des
» arts devenus tributaires de mon efprit
» pour lui fournir des comparaifons in-
» connues, & des expreffions figurées.

» Voilà les principaux refforts de mon
» chef-d'œuvre: j'ai dû les mettre en mou-
» vement par le foufle moteur de cet ef-
» prit de fingularité, qui eft l'ame &
« comme le triomphe des fuccès moder-
» nes. Ainfi j'abandonne mon Livre à fa
» deftinée. Puiffe t-il fe voir reproduit par
» vingt éditions à la fois, aboyé par les
» Critiques, préconifé par le beau fexe,
» vendu fous la jupe, au lieu de l'être
» fous le manteau, long-tems baloté en-
» tre la Cour & la Ville, le Pont-Neuf,
» & les Pays Etrangers, vainqueur de
» l'envie, & de fa deftinée errante, être
» enfin dépofé dans les archives de l'*Im-*
» *mortalité*.

La tournure du ftile, fes nuances néceffaires & infinies n'ont été qu'un jeu
pour l'Auteur, ainfi qu'il l'avoue lui-méme.
il a fait à ce fujet une découverte im-

portante , dont il fera part inceſſamment au Public : elle conſiſte à démontrer trois ſortes de ſtiles primitifis & analogues aux principes progreſſifs de la Muſique & de la Peinture ; deſorte qu'après le développement de cette nouvelle théorie, il y aura lieu d'eſpérer autant de progrès pour le genre du ſtile en général qu'il y en a eu dans la Muſique & dans la Peinture depuis ces deux grandes découvertes.

L'Auteur a crû devoir affecter un volume ſéparé à chaque branche de ſon Hiſtoire générale : des matieres ainſi préſentées de front & en grand, n'en ſeront que dans un jour plus favorable pour le commun des Lecteurs. Le premier Volume contient l'*Hiſtoire des Antiquités* ; le ſecond , l'*Hiſtoire naturelle* ; le troiſiéme, l'*Hiſtoire civile* ; le quatriéme, l'*Hiſtoire politique* ; le cinquiéme, l'*Hiſtoire militaire* ; & le ſixiéme, l'*Hiſtoire littéraire*.

C'eſt pour mieux m'aſſurer le débit de mon édition que je m'engage à donner ſucceſſivement au Public une idée du contenu de chaque Volume ; encore la gloire de lui avoir donné cet avant-gout des beautés de tout l'Ouvrage revient elle toute entiere à l'Auteur. J'ai fait ces extraits à l'aide d'une machine de l'invention de l'Auteur ; c'est une espece de *chambre obscure* dans le goût de celles dont se servent les Deffinateurs. On pourra déformais au moyen de celle-ci, extraire un Livre sans se donner la peine de le lire : quant à moi je n'ai fait que les frais néceffaires pour enfemencer la curiofité du Public. J'attends le moment de la récolte ; mon mêtier est de recueillir, & celui de l'Auteur de glaner.

L'Epitre dédicatoire de l'Auteur est si courte que je me ferois un fcrupule de l'extraire.

EPITRE
A M***.

VOUS qui sçavez si bien tirer parti des moindres productions de votre esprit, qui embrasse tous les genres, par grace confiez-moi votre secret pour mon Livre: vous serez toujours l'Apollon de la France, & vous deviendrez le mien.

HISTOIRE
GÉNÉRALE
DU PONT-NEUF.

IDÉE

DU PREMIER VOLUME,
Qui contient les Antiquités.

IL est des Lecteurs qui frémissent au seul nom d'Antiquités. Il en est d'autres au contraire, qui s'entousiasment d'abord pour tout ce qui porte ce vénérable caractere. Des gens plus sensés n'estiment ces précieux restes que comme les débris d'un naufrage. Quant aux Auteurs qui fouillent dans les Antiquités, les uns surpris par les mêmes accidens, qui sont si funestes aux *Mineurs*, se trouvent tout-à-coup ensevelis sous des éboulemens du terrein, qu'ils creusent; on ne les entend plus, accablés qu'ils font sous le poids de leur érudition. Plusieurs autres s'insinuent si avant & si adroitement dans la confidence de tous les détails des siécles passés, que, devenus contemporains de tous les âges, & citoyens de tous les Empires, rien ne leur est parfaitement étranger que le pré- » sent. La base de leurs connoissances, dit » l'Auteur, s'étend au long & au large » dans le ténébreux abîme des siécles pas- » sés, & vient finir en pointe à l'aurore de » nos jours. Enfin, quelques-uns ne s'attachent qu'à des veines lucratives d'antiquité, & ne les suivent qu'à proportion que leur produit excéde les frais. Delà nous viennent certaines généalogies, & ces filiations respectivement soudées, avec un mélange d'effronterie & de fausse science : ainsi on pourroit dire des premiers Antiquaires, que la lettre les *tue*; des seconds, que le seul esprit des anciens les *vivifie*; & enfin des derniers, que c'est le sang d'autrui qui les fait vivre.

Notre Auteur, peu jaloux de la gloire de tous ces Sçavans, leur abandonne le soin trop pénible de rétrograder ainsi vers les siécles les plus reculés, à la lueur des conjectures prises. tantôt d'une *Inscription* indéchiffrable, souvent d'un pas-

fage plus obfcur, quelquefois d'une figure
mutilée, & toujours de quelque fait dou-
» teux. Que les pâles Antiquaires foupi-
» rent, dit-il, nuit & jour après des mor-
» ceaux d'Antiquité, quant à moi c'en eft
» un, qui n'a tout au plus que vingt ans,
» qui trouble ma raifon, mon repos & mon
cœur. Notre Auteur, après cet aveu dé-
placé, qui fans doute échappe à fon
cœur, ouvre une nouvelle carriere d'antiquités bien plus intéreffante que les anciennes fources; & pour nous prévenir
d'abord fur la nature de fes découvertes,
il ajoute que les tems paffés, femblables
à la Seine, qui par elle-même ne char-
rie que des corps légers, ne nous ont
amené que tout ce qu'il y a de plus fri-
vole en tout genre. C'eft l'efpéce d'Antiquités que l'Auteur met au jour. Selon lui,
le goût de la nouveauté, ce tyran fi chéri,
qui régle nos ufages & nos ridicules,
nos mœurs & nos opinions, nos vertus
& nos vices, nos plaifirs & nos befoins,
auteur de plus de ravages que n'en firent
jamais la lime fourde du tems, les inva-
fions des barbares ou les déluges d'eau, les
incendies, ou le faux zéle de Religion, im-
prime à tout ce qu'il répudie un air décidé,
un caractere d'Antiquité; de forte que
tous les objets de fa profcription nous de-

viennent fur le champ auffi étrangers que s'ils avoient échappé au naufrage de plu-fieurs fiécles pour venir jufqu'à nous.

C'eft en remontant par dégrés vers le cours de ce torrent, que l'Auteur pré-tend faire une abondante moiffon d'An-tiquités ; le *Pont-Neuf* leur fert ordinaire-ment de tombeau ; il eft pour ainfi-dire le *vieux férail* de nos goûts furannés en quel-que genre que ce foit. L'Auteur en con-féquence y a fait une ample collection de toutes les chofes de rebut depuis bien des fiécles , & il trouve dans ces mo-numens des renfeignemens fuffifans pour ramener à des caufes évidentes, à des époques fixes, toutes les étranges varia-tions introduites depuis quelques fiécles dans nos goûts , dans notre façon de penfer , de vivre & de nous habiller. Ce dernier article , fut-tout, qui paroît fi peu fufceptible d'un certain calcul exact , eft néanmoins traité par l'Auteur d'une façon à nous garantir pour toujours du reproche des autres Nations fur l'inconf-tance de nos modes ; car il réfulte de ce dénombrement & de cette analyfe des modes de nos habits, qu'elles ont tou-jours roulé fur un principe conftant & invariable ; c'eft-à-dire , fur plus ou moins de nudité à l'égard des femmes , & fur

plus ou moins d'étoffe pour les hommes.

Il nous fournit encore une bonne ex-
cuse à alléguer sur la rapidité des vicissitudes de ces modes ; il suppose que la mode,
ainsi que la fortune, agite sans cesse de
son pied une roue, dont le mouvement
sur son axe fait tourner en même tems
toutes nos têtes. Celles qui se trouvent le
plus près du centre parcourent des espa-
ces moins grands que celles qui sont à l'ex-
trémité des rayons ; ainsi à mesure que l'on
approche de notre Capitale, qui est le centre de la plus grande activité des modes,
les tourbillons y sont de moindre durée,
leur plus grande énergie, & leur incon-
séquence se développent suivant le dé-
gré de proximité où l'on est de cette
grande Ville. » Transplantez à Paris, dit
l'Auteur, le plus rassis & le plus épais
» Citoyen de la *Nord-Hollande*, qu'A-
» taud (*a*) imitateur & rival à la fois de
» la Nature, ente sur sa tête rase une
» chevelure bouclée ; que *Rousselot*, (b)
» l'embeaume de ses odeurs les plus sua-
» ves & les plus sçavantes ; que *Scheling*,
» (c) le ciseau à la main, à force d'art,

(*a*) Fameux Perruquier.
(*b*) Fameux Parfumeur, rue Tirechape, lequel a trouvé le secret & les regles de l'harmonie des odeurs,
(*c*) Fameux Tailleur.

» d'étoffe & de galon, donne à ce bloc
» de chair une apparence de taille ;
» que *Lafrenaye* (*a*) si propre à donner
» du goût, à quiconque veut le payer,
» l'assortisse en bijoux de la tête aux
» pieds ; à peine sa méthamorphose est-
» elle ainsi ébauchée, qu'il vole déja
» sans cesse au-devant de lui-même à
» chaque miroir ; ce n'est encore là que
» le premier effet des influences du cli-
» mat ; mais comment sa tête résistera-
» t-elle à d'autres mouvemens de vertige,
» quand il se sera mêlé dans le cercle des
» Habitans du pays, & plongé dans leur
» luxe ; il faudra qu'elle tourne nécessai-
» rement au gré de mille tempêtes ; trop
» heureux ; si rendu dans la suite à son air
» natal, qui n'est pas si vertigineux, à
» son petit pourpoint, à sa pipe, à sa per-
» ruque très-blonde, & à son chapeau
» pointu, il n'a plus de regret à nos ta-
» lons rouges, à nos plumets, à nos ga-
» lons, à nos dentelles, & à nos parfums ;
» trop heureux, dis-je, s'il sçait jouir de
» la liberté, quoique réduit à ne plus tant
» changer de déguisement.

L'Auteur embrasse sous le titre de
modes tout ce qui peut être susceptible
des formes nouvelles, dont nous som-

(*a*) Marchand de bijoux au Palais

mes

mes créateurs si prodigues, & si-tot dégoûtés. Tous les phénoménes de la mode, leur durée, leurs éclipses & leurs re-
tours, qui jadis à l'exemple des Comé-
tes à longue quéue, ou bien à chevelure
ardente, furent autant d'énigmes pour
le public, ne le seront plus, grace à sa
nouvelle théorie.

Gagniere (*b*) n'a donné que la partie his-
torique des modes qui ont regné depuis
trois cens ans jusqu'à lui; je veux, dit
» l'Auteur, fouiller plus avant dans le
» même tems que je revelerai tout le
» mystere du mécanisme des modes,
» qu'il n'a que foiblement crayonnées.
» L'on sçait assez que dans ce siécle lu-
» mineux on a pû égviser le calcul au
» point qu'il pénétre l'infini, l'impossible,
» le vuide & le cahos. On ne sera donc
» point surpris de ce que je donne sur
» l'état ancien, présent & futur de la
» mode, des Ephémérides perpétuel-
» les, où sans étude & sans travail, on
» verra d'un coup-d'œil ses origines,
» ses progrès, ses différentes phases & ses
» apparitions futures.

Qu'il m'est doux de penser que je vais
» procurer un repos éternel à l'indolente
» Saint ***, dont l'esprit ne connût ja-

(*b*) Recueil des Modes qui ont regné depuis 300. ans.

B

» mais d'autre souci que des incertitudes
» sur la mode ; elle verra, par exemple,
» à l'article des nuances du coloris du
» visage, comment un teint frais, vif &
» naturel, qu'on ne conservoit jadis que
» par l'usage des *loups*, & qu'à force de
» tempérance, passa de mode dès que
» l'on crut avoir trouvé chez les Droguis-
» tes son équivalent, qui étoit a l'épreuve
» des veilles, du vin de Champagne &
» des accès de divers plaisirs.

» Jusqu'ici les modes ont passé pour des
» êtres produits par le caprice & l'extra-
» vagance, ou pour des avortons éclos
» des cerveaux les plus félés de la Na-
» tion ; il est tems de s'en former une
» idée plus conforme à la dignité de leur
» origine, à la sagesse de leur institution,
» à l'utilité de leur vicissitudes. Certains
» peuples riches en opinion ; mais qui
» manquoient des échanges ordinai-
» res pour le commerce, avoient-ils
» donc si tort de vendre les vents aux
» crédules Navigateurs, puisque ces der-
» niers vouloient bien s'en contenter ?

C'est ici que l'Auteur prend l'essor le
plus sublime, & qu'il ménage à ses Lecteurs une vûe d'Aigle sur toute l'étendue de son sujet. Les Sciences sont à certains égards comme ces métaux ou ces sub-

ftances, qui ne fe laiffent ni pénétrer, ni décompofer, ni diffoudre intégralement, que par le même principe qui forme leur effence. Il falloit donc un efprit créateur & analogue à celui de fon fujet, pour traiter à fond l'efprit des modes. Ce n'eft que dans le corps de l'Ouvrage que l'on peut fuivre le fil des rapports infinis qu'elles ont avec le bonheur d'une Nation policée.

Les autres recherches de l'Auteur continuent ce même fyftême de bienveillance pour le genre humain, & en particulier pour notre Nation ; elle eft fûre d'y trouver un compas exact pour les proportions de la dépenfe de nos ancêtres, avec leurs richeffes, depuis cette époque mémorable, où

> *Quatre bœufs attellés d'un pas tranquille*
> *& lent,*
> *Promenoient dans Paris le Monarque*
> *indolent.*

Jufqu'à celle de nos miliers de courfiers, dont la vîteffe d'accord avec le jeu des peintures de nos équipages, ne préfente aux yeux qu'un feul & même trait de lumiere qui fend les airs, & que des arc-emciels qui fe croifent dans nos rues ;

Pour cet effet, l'Auteur range sous trois classes les progrès du goût de la dépense. D'abord il fait envisager la Nature humaine encore exemte & libre des besoins de bienséance & de convention, & contente du simple nécessaire. Pour lors les Particuliers consultoient leurs facultés réelles ; leurs dépenses étoient à leur fortune, ce qu'est l'insensible transpiration à un corps bien constitué. La vertu, les attraits sans fard, la tendresse ingénue, l'égalité de naissance ; étoient presque la monnoye courante & la dot qui cimentoit les mariages. Les diamants n'étoient pas encore de l'essence de ce Sacrement.

La seconde classe est celle de cette nature soumise à de nouveaux besoins aux arts, aux honneurs qui tous sous prétexte d'ajouter à son bonheur, commencerent à empietter sur sa liberté. Bientôt il fallut aux Nobles des faucons pour la chasse, des Pages pour s'en faire servir, des bouffons pour se faire rire, & des vassaux qu'ils pussent *rosser* à discrétion & gratuitement. Il fallut aux Magistrats des mules pour aller rendre la Justice, & des épices pour se ragoûter ensuite. Il fallut au Peuple des Spectacles sur des tréteaux dans les places publiques, &

des cabarets, partout. Ces dépenses ainfi reglées, cõmme un tarif des différens états, lui parurent une gêne , & comme un régime de vie trop difficile à garder : elle fçut s'en affranchir avec quelqu'efpéce de décence à la faveur des circonftances du tems qui augmenterent l'opinion des richeffes publiques ; car dès 1500. les tréfors du nouveau Monde commencerent à paffer , comme à travers un crible , de l'Efpagne dans le refte de l'Europe ; les guerres, plutôt que le commerce , en attirerent une grande partie en France , & l'on peut fuppofer que d'environ trois cent millions qui y étoient deja entrés dês le regne d'Henri IV. l'Efpagne en avoit employé les deux tiers à foudoyer nos diffentions civiles , & l'autre à l'achat de nos marchandifes & de nos denrées ; ainfi l'on fe crut plus riche par cette furabondance d'efpéces ; quoique les feules véritables richeffes de la Nation euffent toujours diminué depuis le régne de François I.

La troifiéme claffe, comprend la longue lifte de fes befoins & de fes profufions, dès qu'elle fe fut livrée au luxe. De cet accouplement bizarre, nâquirent le faux goût & les autres fléaux de la fociété ; tels que l'ufure, la chicanne,

les dettes criardes , les banqueroutes de
toute espéce. Ces trois différens tableaux
traités en grand, comme ils le sont, ren-
ferment nombre de portraits de famille.
Ce n'est pas le seul avantage que le Public retirera de cette collection ; comme
me en général l'instruction s'insinue bien
mieux par le moyen des comparaisons ,
il trouvera plusieurs paralleles de l'Auteur au sujet du contraste de nos mœurs
avec celles de nos peres. Je n'en veux citer qu'un seul exemple , que je rappor-
terai dans les termes de l'original. L'Auteur , après un examen critique de plusieurs meubles & bijoux, qui ont été à
la mode depuis le milieu du dernier siécle jusqu'à la fin du dernier Regne, mais
devenus antiques au tems où nous vi-
vons, continue ainsi :

’’ Quant nous aurions eu chacun les
’’ cent yeux d'*Argus* , autant de mains
’’ que *Briarée* , toute la vigueur d'*Her-*
’’ *cule*; l'âpétit de *Gargantua*, la puissance
’’ des *Fées* , pour bâtir & démolir , meu-
’’ bler & démeubler tour à tour , aurions-
’’ nous pû jamais parcourir plus d'objets
’’ que tous ceux dont nous nous sommes
’’ dégoûtés, ou qui sont hors d'usage à
’’ présent ? Ainsi , donc la mode est
’’ pour nous un *Phenix* qui renait cha-

» que jour de ses cendres. Tel l'on voit
» sur le sein de Pa ***, la rose nouvelle
» s'épanouir & faire des jaloux tout un
» jour, & le lendemain ignominieuse-
» ment traînée dans un tombereau vers
» les *Porcherons*, pour faire éclore des
» fleurs nouvelles.

» Le regne des paniers qui triomphe-
» rent long-tems & de la pudeur, & des
» Sermons, tombe presque de lui-même
» en décadence, aux jansénistes près (*a*)
» qui sont les plus opiniâtres. D'autres
» tems, d'autres soins. Vers la fin du
» dernier siécle, & en tems de guerre,
» une vingtaine d'ouvriers fournissoient
» dans Paris assez de bijoux à la magni-
» ficence de la Conr, & au luxe de la
» Ville ; nous comptons aujourd'hui plus
» de trois mille de ces mêmes Artistes,
» sans qu'ils puissent suffire à tous nos be-
» soins. Les fonds pour l'entretien & le
» service courant du nez montoient
» alors à des sommes modiques par an ;
» ils passent maintenant plusieurs mil-
» lions. Il faut aller au lever du Roi,
» & vous ajuster auparavant en *Marquis*
» *du bel air*, afin de percer la foule avec
» moins de peine. Ayez donc un grand
» chapeau chargé de trente plumes,

(*a*) Demi-paniers.

B iv

» une perruque de prix, un grand rabat ;
» un pourpoint étroit, un large bau-
» drier ; que vos habillemens foient cha-
» marés de rubans ; faites tout le trajet
» de la fale des *Gardes* en vous peignant
» galemment, gratés enfuite avec votre
» peigne à la porte de la chambre du
» Roi, difoit à fa Mufe en 1663. *Moliere,*
» (*a*) cet excellent peintre de la nature
» & de fes grimaces ; il lui diroit main-
» tenant, pour la produire dans le beau
» monde fous le déguifement le plus fa-
» vorable : Réfervez le grand chapeau à
» plume flotante pour un jour d'exerci-
» ce ; laiffez les perruques énormes, &
» le rabat au Magiftrat en cérémonie,
» les baudriers aux Suiffes qui gardent
» les portes, tous les peignes & les ru-
» bans du monde fur votre toillette.
» *Paffau* (*b*) vous a-t-il enfin apporté
» cet habit brodé par *Aleau ?* Partez,
» volez dans ce char brillanté par *Mar-*
» *tin* (*c*) ; éblouiffez en chemin tous les
» yeux à la ronde, ceux même de vos
» créanciers ; que tout le bruyant de votre
» équipage vous annonce enfin chez

(*a*) Moliere dans fon Epître de remerciment au Roi
fur une Penfion.
(*b*) Fameux Tailleur.
(*c*) Fameux Verniffeur, Fauxbourg Saint Denis.

» Araminte. Vous êtes environné d'un
» tourbillon d'atômes odoriférans que
» *Dulac* (*a*) incorpora pour vous ; que
» semblable aux illes de l'Epicerie, l'on
» vous découvre plutôt par l'odorat que
» par les lorgnettes, qu'on vous prenne
» au loin pour la Momie vivante du fié-
» cle. Préfentez-vous de cet air noble &
» naturel , fcience ou magie dont les
» *Marcels* & les *Javilliers* font Profef-
» feurs dans Paris (*b*). Ebauchez quel-
» ques révérences légéres fur ce parquet
» gliffant. Vous fixez déja fur vous tous
» les regards, toutes les attentions, tou-
» tes les préférances délicates ; vous voilà
» couvert de gloire ; contemplez vous-
» même votre *apothéofe* fur le poli de
» ces glaces ; ce fauteuil eft pour vous ;
» étalez vos bijoux divers. L'on vous a
» vû, tout eft dit. Interrogez du bout du
» pouce ce chef d'œuvre de le *Roi* (*c*) ; il
» eft cinq heures fonnées, il vous refte en-
» core cinq à fix maifons & les Spectacles
» à parcourir. Qu'un fouper fin & délicat
» fixe enfin chez Eglé votre courfe lé-
» gere ; le Dieu du myftere, fous la fi-

(*a*) Fameux Parfumeur, rue Saint Honoré.
(*b*) Maîtres à Danfer.
(*c*) Un des habiles Horlogers de l'Europe.

» gure d'un gros Jardinier, vous attend
» à la porte d'une *petite maison*, & le
» plaisir est en-dedans qui s'apprête à se-
» conder vos desirs & vos caprices le
» plus singuliers. Aussi brillant, mais
» plus sensuel que l'astre du jour, qui
» se précipite dans le sein de l'Onde, au
» bout de sa course journaliere, choisissez
» mieux votre élément ; donnez la pré-
» férence au Champagne le plus pétil-
» lant ; que l'Aurore enfin surprenne le
» dernier de vos regards attaché sur
» Eglé ; voilà maintenant qu'elle est la
» bonne façon de s'annoncer dans le
» monde.

» *Moliere* se verroit obligé de chanter
» ainsi la palinodie, & le tableau que je
» substitue au sien, ne peut manquer à
» son tour de devenir original, & piéce
» de comparaison, tant il y a lieu d'es-
» pérer que nos descendans nous ressem-
» bleront encore moins, que nous ne
» ressemblons à nos peres. Mais remon-
» tons encore un instant vers ce tems où
» la galanterie, cette espéce de culte
» reglé que l'on rendoit au beau sexe,
» épuisa l'art des magnificences, où la
» politesse jusqu'à lors armée de pied-
» en-cap, & toujours hérissée d'épines
» & de cérémonies s'en dépouilla pour

„ devenir & plus noble, & plus unie, vers
„ ce tems, dis-je, où dans les affaires de
„ cœur on se picquoit encore de probité,
„ pour lors le culte de la tendresse avoit
„ de la dignité jusques dans ses abus. Je
„ puis vous citer, belle *Ninon Lenclos*,
„ vous, que vos charmes sans cesse re-
„ naissans, toujours employés, toujours
„ utiles jusqu'à la fin de vos jours; vous,
„ dis-je, que tant de gloire équivoque
„ condamne à une réputation éternelle.
„ Votre esprit & votre cœur firent les
„ honneurs de votre beauté jusqu'à vo-
„ tre seiziéme lustre, & vos charmes à
„ leur tour ne laisserent presque rien à
„ vos talens pour enchanter ainsi tous les
„ cœurs, Je vois les Graces & les Amours,
„ les soupirs & le respect, vous accom-
„ gner jusqu'au bord du tombeau; les
„ pleurs amers & les regrets cuisans y
„ descendre avec vous, & s'y mêler à
„ vos cendres, comme un précieux beau-
„ me qui doit conserver votre mémoire.
„ Jours brillans de la galanterie, où les
„ hommes pouvoient déposer entre vos
„ mains & leurs trésors & leur cœur ;
„ incapable d'en mésuser vous fûtes pour
„ les femmes un modéle de désintéres-
„ sement & de fidélité; de si beaux instans
„ pour nous se sont éclipsés avec vous

» & tant de gloire eſt perdue pour celles
» qui courent votre carriere ; je ne puis
» ſauver que votre nom des ravages du
» tems ; qu'*Odieuvre* nous conſerve enco-
» re vos traits dons ſes fideles eſtampes ;
» c'eſt à la charmante Q * * * à vous faire
» revivre en elle.

» Or comparons à des allûres galantes
encore plus nobles que ces dernieres, nos
procédés équivoques, nos perfidies écla-
tantes, nos préjugés deſtructeurs, & nos
marchés honteux. Conſidérons auſſi les
diſgraces de la Nature, qui bientôt ex-
cédée de nos prodigalités, nous ôte ſes
pleins pouvoirs lorſqu'à peine nous de-
vrions avoir ſongé à nous procurer des
deſcendans. Quel fonds la poſtérité doit-
elle faire ſur nous ? par exemple, une flote
compoſée de vaiſſeaux tous percés à
fond-de-cale, & montés par des foibles
Matelots s'épuiſans ſans ceſſe à boucher
en vain tant de voyes d'eau, ſeroit-elle
bien en état d'aller au loin fonder une
brillante colonie ? Non, ſans doute ; il
faut donc convenir que bien différens
de nos ancêtres, ſi attentifs aux intérêts
de la poſtérité, nous accumulons ſur
nos têtes *à fond perdu* plaiſirs, gloire,
réputation & fortune. Jadis pour donner un repas diſtingué, le Citoyen le

plus opulent, le *Cuisinier François* à la main révéloit à sa Cuisiniere tous les mysteres de cet Art, à peine dégrossi. Ce livre désormais est aussi inuile que celui de la *Civilité Françoise* ; il faut à présent à moins que de vouloir passer *pour* quelqu'un chez qui *l'on meurt de faim*, qu'un nouvel *Etna* s'allume dans vos fourneaux ; que *Lagrange* (*a*) moins émû qu'une *Salamandre* au milieu de ces volcans, donne à tous vos mets l'empreinte de son goût divin ; que les *Gauthiers* & les *Mirés* (*b*) se disputent la gloire de vous mieux *fournir* ; que *Bondu* (*c*) fasse couler tous ses Nectars dans vos verres ! ces cristaux sont-ils montés par *Basin* (*d*) & garnis par *Travers* ? *Le Brun* (*e*) vous a-t-il garanti ces tasses pour de l'ancien Japon, & ce Cabaret pour du vieux Lac ? Laissez sur-tout votre appétit dans l'inaction, pour mieux faire agir celui de vos convives ; ce jour est pour vous comme un » jour de bataille ; ce n'est point à vous » à combattre, mais il va décider de » votre réputation.

(*a*) Fameux Cuisinier de la premiere force, à M. le Président Hainault

(*b*) Marchand de Vin du Roi.

(*c*) Fameux Limodier, rue Saint Antoine, qui vend toutes sortes de Vins de liqueur.

(*d*) Fayancier, rue du Roule.

(*e*) Fameux Marchand, rue de Bussy.

» Il résulte de ces traits de comparai-
» son, que nous suivons en tout des rou-
» tes inconnues à nos peres. Le plaisir en
» général est comme la quint-essence &
» le suc de mille & mille fleurs. Il sem-
» ble que nos devanciers, pour cueillir
» cette manne, qui se prête à tous les
» goûts, imitoient la nation policée des
» abeilles, & nous les frélons volages.

L'Auteur, après avoir ainsi ramassé ces rebuts de la mode, qui tous servent d'éclaircissement à l'Histoire des mœurs, pousse encore plus loin ses découvertes, moyennant des extraits qu'il fait de tous les Vaudevilles du Pont-Neuf. Ces Chansons furent toujours les fidéles dépositaires & la mesure de la joye, de la tristesse & de la satyre publiques, selon le courant des événemens. *Gare les Pont-Neufs, mes enfans*, disoit au commencement d'une bataille un très-grand Général, qui les connoissoit du siége de *Lérida*. Ce recueil est pour l'Auteur une vraie *pépiniere* d'anecdotes sur l'élévation & la chûte des Favoris, sur des préférences obtenues à titre d'intrigue ou de beauté, sur les fautes des grands Hommes, les sottises des particuliers & sur les origines des nouveaux parvenus. J'ai de quoi,
» dit l'Auteur, sur ce dernier sujet,

» *exorciser* tous les phantômes de fauſſe
» Nobleſſe , dont on eſt aſſiégé de toutes
» parts, Il inſinue auſſi que nous n'avons
rien de plus ancien , en fait de monumens écrits , ſi l'on en excepte ceux que
l'on nous garde dans la *Tour de Londres*.

Les airs de ces Chanſons donnent lieu
à de profondes recherches ſur les progrès de notre muſique. L'Auteur obſerve
que le premier des *Amphions* de la France , qu'une grande Princeſſe ramaſſa ſur
le Pont-Neuf , où il jouoit du violon ,
ſçut diſperſer notre ancien *ramage* , en
introduiſant ſa muſique à la Cour & à la
Ville. Ces filles de l'harmonie ainſi diſ-
graciées , chercherent un aſyle ſur le
Pont-Neuf & dans les Temples. Les
airs de ſarabande & de courante , que
l'on danſoit à la Cour depuis François I.
furent principalement adoptés par les
Noëls & par les *Cantiques ſpirituels* ; le
reſte ſe réunit au corps de muſique du
Pont-Neuf , qui fournit encore à des
jolis violons de quoi briller pat ces *riens*
à la fin d'un ſouper *prié*.

L'Aureur s'explique ainſi ſur les premiers établiſſemens de cette nouvelle
muſique. » Un génie du premier ordre ,
» toujours heureux avec prévoyance ,
» toujurs grand avec meſure dans ſes

» divers projets pour le bonheur de la
» France, fécondoit alors chaque ger-
» me des talens qui cherchoient à éclore;
» En même tems qu'il les étayoit, à pei-
» ne nés, foibles encore & chancelans,
» il leur affuroit pour l'avenir des récom-
» penfes qui devoient paffer jufqu'à leurs
» rejettons. De tous les beaux Arts qu'il
» excita par fon accueil, fes exemples,
» fa rivalité, & par fes bienfaits, la mu-
» fique fut celui qui le jetta dans la plus
» grande dépenfe. Ces premiers accens
» de l'harmonie furent bien-tôt recueillis
» dans un Temple qui leur fut confacré
» au bout d'un *cul-de-fac* ? l'on raffembla
» dans cette nouvelle cage toutes fortes
» de volatilles deftinées à répéter au pu-
» blic ces airs mélodieux, Des linottes,
» des roffignols, quelques corbeaux,
» des moineaux, force colombes, peu
» de tourterelles, plufieurs perroquets,
» Docteurs en trois cens *mots*, com-
» pofoient cette voliere; on y prépofa
» des fur-intendans, qui de tems à autre
» en détournerent le chenevis & la nour-
» riture. Au défaut du produit incertain
» de ces contributions fur l'oreille du
» public; chaque volatile eût toujours
» grand foin d'en lever d'autres fur le
» cœur ou fur la vanité des gens épris,

foit

foit de fon plumage, foit de fon ramage ; c'eft au milieu de ce cortége que
durant près d'un fiécle les accens de ce
premier *Amphion* occuperent la fcéne &
le premier rang fur le nouveau Théâtre.

L'Auteur pourfuit enfuite le récit des
diverfes tentatives , & des fuccès des
Muficiens plus modernes , & il réfulte
de fes obfervations qu'aucun d'eux ne
doit efpérer de fixer à jamais les fuffra-
ges de la Nation. » Le Pont-Neuf ,
» ajoute-t-il, eft le centre de gravité de
» notre mufique , il faut qu'après un
» regne ou plus long , ou plus court , &
» plus ou moins étendu , elle retombe
» fur le Pont-Neuf. Ce furent auffi fes
» deftins qui attirerent fans doute la
» chûte d'*Alard*, affez téméraire pour
» avoir effayé de le traverfer en volant,
» & l'hiftoire de ce nouvel *Icare* eft de-
» venue l'emblême de nos talens qui
» prennent un vol trop élevé.

L'Auteur, après avoir épuifé la matiere des Vaudevilles , entame les antiquités qui ont un rapport direct avec les
Arts & le Commerce ; il prouve par des
lambeaux d'anciennes étoffes, qu'il trouve fur le *Pont-Neuf*, que nos Manufactures ont altéré la qualité de leurs nouvelles productions. Il excufe cette infi-

C

délité par l'embarras qu'il y auroit autrement d'en fournir assez de nouvelles chaque saison. »» Un manque total de » récolte des biens de la terre, ajoute-» t-il, n'allarmeroit pas autant nos Con-» citoyens que le féroit celui *des desseins* » *nouveaux* de l'année. Il donne ensuite des éloges convenables & des encouragemens à ces mêmes Manufactures ; il dit entre autres choses : »» Que nos regrets » sur la perte de la pourpre de *Tyr* & de » *Cydon* sont heureusement effacés par » la belle écarlate de *Julienne*, qu'aucu-» ne Nation ne peut bien imiter. Il loue aussi le zéle inventif des Artistes, qui cherchent à multiplier à moins de frais. les signes du luxe en mêlant, par exemple, les *Stras* aux diamans ; parce qu'il faut, dit-il, plusieurs espéces de ces signes pour faciliter sa circulation, de même qu'il faut différentes monnoyes pour le commerce ; c'est à ce sujet qu'il s'écrie : »» Etincelle des lumieres de *Sa-*» *lomon*, qui ne dédaigna pas de com-» poser des pierres précieuses, vous êtes » reproduite à nos yeux. *Dupré* (*a*) sçait

(*a*) Le sieur Dupré, Inventeur du nouvel art d'imiter les Pierres de couleur.

Il n'a tenu qu'à M. le Duc de V. de vendre en Hollande une de ces Pierres pour véritable à un Juif.

» tranſmettre les couleurs les plus ri-
» ches, l'*Orient* le mieux velouté des
» Pierres précieuſes ſur un criſtal, qui au
» ſortir de ſes mains peut étonner *Lem-*
» *pereur*, & tromper des Juifs en Hollande
» (*a*). Vos compoſitions brillantes, *Che-*
» *ron*, ornent la tête de nos Déeſſes ſur le
» *Théâtre*, & ſe marient ſi bien (*b*) avec
» ces diamans qui éblouiſſent du fond
» des loges.

De là l'Auteur paſſe aux articles qui
regardent le commerce. On a vû de tout
tems la *néceſſité*, cette mere féconde des
Arts & de l'induſtrie, venir en guenilles
s'étaler ſur le Pont-Neuf. C'eſt de pareil-
les ſouches de commerce, que pluſieurs
branches ſe ſont étendues dans Paris.
Du *Caffé* débité avec ſuccès ſur le Pont-
Neuf ; fit naître l'idée d'en vendre dans
des boutiques ornées de glaces & de femmes minaudieres. Ces aſyles ouverts à
tout le monde devinrent des bureaux
publics d'eſprit, de nouvelles, de pa-
radoxes, & d'un ton de diſpute que jadis on ne connoiſſoit que ſur les bancs de
l'*école*.

L'Auteur, en décrivant divers autres

[*a*] Fameux Jouaillier.
(*b*) Fameux Artiſte, qui fait des belles compoſitions
en Pierreries.

monumens, fait une mention honorable
de tous les Particuliers qui se sont inté-
ressés à la décoration, à la gloire & au
bien du *Pont-Neuf*. Il n'oublie point ce
Citoyen si zélé *(a)* pour le bien public,
qu'en passant sur le *Pont-Neuf* il évitoit
toujours de passer sur les pavés usés. Il
finit par une suite de Médailles des hommes illustres depuis *Tabarin*, qui devenu Seigneur de Village, périt dans une
dispute pour la chasse, jusqu'au *Grand-*
Thomas, qui s'est borné à 12000. livres
de rente pour lui & pour son gros chien.
De mon côté, je ne puis mieux définir
ces nouvelles antiquités que par le com-
mentaire de leur titre ; elles ont de commun avec la vieillesse le talent de louer
le passé, de blâmer le présent, & de
prophétiser l'avenir ; & avec la jeunesse,
celui de hasarder beaucoup de propos ;
n'en est-ce pas assez pour plaire à tout le
monde.

(*a*) Eloges des Sçavans par M. de Fontenelle, article
de M. C.

F I N.